le collectionneur de gouttes d'eau

Texte de **Gilles Tibo**
d'après une idée de Iouna, élève
de Claire Dion, école Élan, Montréal.

Illustrations de **Oussama Mezher**

LES ÉDITIONS DE LA
BAGNOLE

Une société de Québecor Média
leseditionsdelabagnole.com

Mon voisin Luigi collectionne les fourmis. Simon, les papillons.
Claire, les étoiles de mer... Moi, je m'appelle Momo. Je collectionne
les gouttes d'eau dans de tout petits pots.

Avec mon amie Lulu, je recueille des gouttes de pluie, des
gouttes de rosée, des gouttes qui proviennent de la fontaine...
Au fil des jours, les pots s'additionnent sous mon lit.

Lorsque je vais à la campagne, je collectionne d'autres gouttes dans d'autres petits pots : une goutte qui jaillit du ruisseau, une goutte qui glisse d'une feuille d'érable, une goutte qui tombe d'une toile d'araignée…

Au fil des semaines, les pots s'additionnent sous mon lit et sur mes tablettes. Lulu me répète souvent :

– Momo, si tu continues comme ça, tu vas devenir le plus grand collectionneur de gouttes d'eau du monde entier !

Encouragé par Lulu, j'emprunte des pots à tout le monde et je cueille des gouttes partout : sous mon parapluie, sous les autos, sous le nez d'un chien, sous un parasol...

Au fil des mois, les pots s'additionnent sous mon lit, sur mes tablettes et dans ma garde-robe. Youpi ! Bientôt, j'empilerai des pots dans le salon, dans la cuisine, dans le sous-sol et dans le grenier !

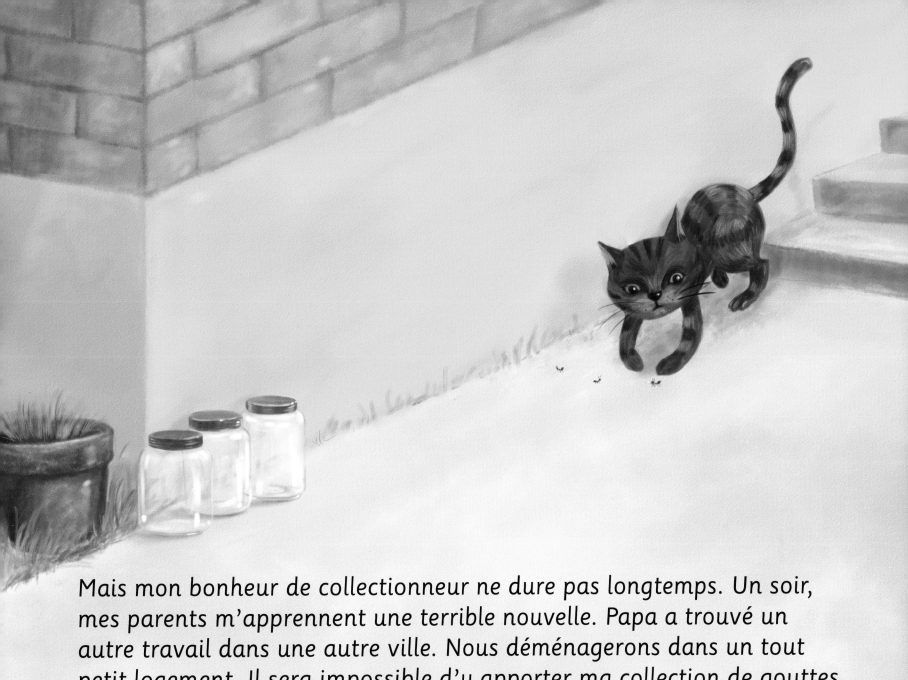

Mais mon bonheur de collectionneur ne dure pas longtemps. Un soir, mes parents m'apprennent une terrible nouvelle. Papa a trouvé un autre travail dans une autre ville. Nous déménagerons dans un tout petit logement. Il sera impossible d'y apporter ma collection de gouttes d'eau.

– Il faudrait un camion complet juste pour tes pots, soupire ma mère.
– Ce sera trop long, trop fragile et trop coûteux à transporter, ajoute mon père.

J'essaie de convaincre mes parents en leur disant que je trouverai des sous... Que je déménagerai moi-même mes petits pots... Que Lulu m'aidera à les emballer... Mais chaque fois, mes parents me font un signe négatif de la tête.

– Impossible, mon cher Momo.
– Trop compliqué, mon petit Momo.

Je me sauve dans ma chambre. Je me recroqueville dans mon lit. Mes parents viennent me border. Ils m'embrassent. Ils me suggèrent de collectionner des choses moins encombrantes, comme des timbres, des boutons, des cure-dents...

Je ne réponds rien. Les mots restent bloqués dans ma gorge. Mes larmes restent coincées dans mes yeux.

J'ai tellement de peine que je ne réussis pas à m'endormir. CLIC !
J'allume ma lampe de poche pour éclairer ma collection.

Ici, une larme de joie lorsque j'ai reçu mon premier vélo. Là, une
larme de tristesse lorsque j'ai eu mon premier chagrin. Plus loin,
une larme de «je ne sais pas quoi» lorsque j'ai pleuré pour rien.

Ensuite, j'éclaire les larmes de mes amis. Une larme de Luigi
lorsqu'il regardait la pluie. Une larme de Simon lorsqu'il a
perdu son ballon. Une larme de Lulu lorsque son chat
a disparu.

Finalement, je m'endors en rêvant à toutes les gouttes qui manquent à ma collection : une larme de père Noël, une larme de sorcière, une larme de fantôme…

Et dans mon rêve, la liste s'allonge : une larme de glace tombée d'un bonhomme de neige, une larme de bois tombée d'un pantin, une larme de métal tombée d'un robot, une larme de marbre tombée d'une statue…

Deux semaines avant le grand déménagement, mes parents sont de plus en plus nerveux, de plus en plus inquiets. Pour me donner l'exemple, ils commencent à faire le grand ménage de leur chambre. Ils se débarrassent du superflu et de l'inutile.

Mais moi, je ne peux remplir aucune boîte. Il n'y a rien de superflu ni d'inutile dans ma chambre !

Une semaine avant le grand déménagement, mes parents décident de m'aider. Je remplis un sac de jouets, une poche de vêtements, un coffre de bricolage. Mais je suis incapable de jeter ma collection de gouttes d'eau.

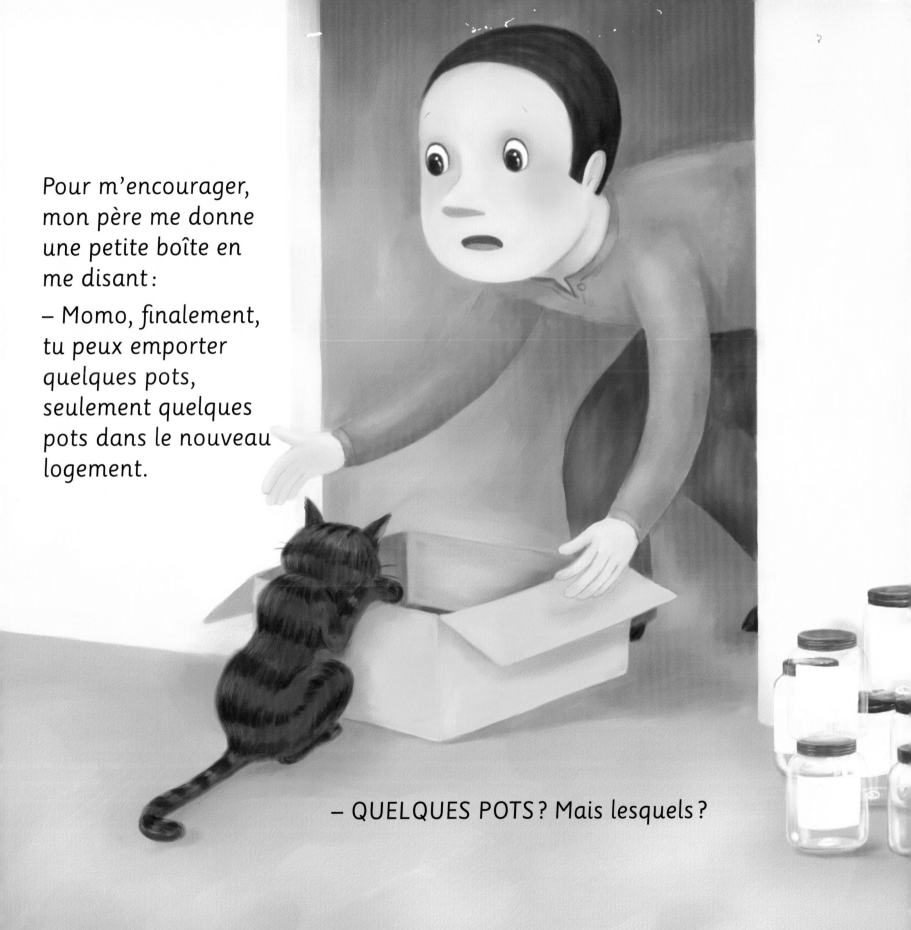

Pour m'encourager,
mon père me donne
une petite boîte en
me disant :

– Momo, finalement,
tu peux emporter
quelques pots,
seulement quelques
pots dans le nouveau
logement.

– QUELQUES POTS ? Mais lesquels ?

Je suis tellement découragé que je demande à Lulu de m'aider. Ensemble, nous plaçons, déplaçons et replaçons des pots dans la petite boîte. Elle me demande :

– Momo, veux-tu garder celui-ci ou celui-là ? Emporter l'autre ici ou l'autre là-bas ?

Je les aime tous. Je les veux tous. Impossible de faire un choix.
Je dis à Lulu :

– Si ça continue, je vais devenir fou !

Le matin du déménagement, je n'ai pas réussi à choisir mes quelques pots. Mon lit, mes étagères, mon bureau et toutes mes boîtes se retrouvent dans le corridor. Il ne reste plus rien dans ma chambre. Rien, sauf moi et ma collection éparpillée sur le plancher.

Lulu vient me dire au revoir. Nous nous murmurons des secrets que personne ne peut entendre… Ensuite, je lui donne mon nouveau numéro. Nous nous téléphonerons tous les jours.

– Au revoir, Lulu.
– Au revoir, Momo.

Je reste seul dans ma chambre. Je réfléchis et soudain, en regardant tous ces pots, toutes ces gouttes, toute cette eau, il me vient une idée plus grande que l'océan !
Je crie à mes parents :

– Je n'emporterai qu'un seul pot !
– Bravo, Momo ! crie mon père du fond du corridor.
– Formidable ! ajoute ma mère.

Je m'empare d'un gros pot. J'enlève le couvercle à toute vitesse, puis j'ouvre chacun de mes petits pots.

Le cœur serré, je verse toutes les petites gouttes dans mon gros pot. Une larme de grand-maman se mélange à une goutte de pluie, qui se mélange à une larme de joie, qui se mélange à une goutte de nuage, qui se mélange à une goutte de rosée...

Au bout de quelques minutes, toutes les gouttes de ma vie se sont mélangées ensemble.

Youpi! J'emporte toute ma collection avec moi!

Les gouttes de ma vie

Mais en cachette, je conserve
une goutte que je ne mélangerai
pas aux autres !

À ma famille et à mon mari.
O. M.

Catalogage avant publication de Bibliothèque et Archives nationales du Québec et
Bibliothèque et Archives Canada

Tibo, Gilles, 1951-
Le collectionneur de gouttes d'eau
Pour enfants de 4 ans et plus.
ISBN 978-2-89714-104-2
I. Mezher, Oussama, 1972-   . II. Titre.

PS8589.I26C64 2014   jC843'.54   C2014-940545-6
PS9589.I26C64 2014

DISTRIBUTION EN AMÉRIQUE DU NORD
Canada et États-Unis :
Messageries ADP Inc.*
2315, rue de la Province
Longueuil (Québec) J4G 1G4
Pour les commandes : 450 640-1237
messageries-adp.com
*Filiale du Groupe Sogides inc. ;
filiale de Québecor Média inc.

DISTRIBUTION EN EUROPE
France :
INTERFORUM EDITIS
Immeuble Paryseine
3, Allée de la Seine
94854 Ivry-sur-Seine Cedex
Pour les commandes : 02.38.32.71.00
interforum.fr

Belgique :
INTERFORUM BENELUX SA
Fond Jean-Pâques, 6
1348 Louvain-La-Neuve
Pour les commandes : 010.420.310
interforum.be

Suisse :
INTERFORUM SUISSE
Route A.-Piller, 33 A
CP 1574
1701 Fribourg
Pour les commandes : 026.467.54.66
interforumsuisse.ch

GROUPE VILLE-MARIE
LITTÉRATURE
VICE-PRÉSIDENT À
L'ÉDITION
Martin Balthazar

ÉDITIONS DE LA BAGNOLE
ÉDITRICE
Annie Ouellet

INFOGRAPHIE
Anne Sol

LES ÉDITIONS DE LA BAGNOLE
Groupe Ville-Marie Littérature inc.
Une société de Québecor Média
1055, boulevard René-Lévesque Est,
Bureau 300
Montréal (Québec) H2L 4S5
Tél. : 514 523-7993, poste 4201
Téléc. : 514 282-7530
info@leseditionsdelabagnole.com
leseditionsdelabagnole.com

© 2014 Les Éditions de la Bagnole
Tous droits réservés
ISBN : 978-2-89714-104-2
Dépôt légal : 3e trimestre 2014
Bibliothèque et Archives nationales du Québec
Bibliothèque et Archives Canada

Nous remercions le Conseil des arts du Canada de l'aide accordée à notre
programme de publication.
Les Éditions de la Bagnole bénéficient du soutien de la Société de développement
des entreprises culturelles du Québec (SODEC) pour leur programme d'édition.
Gouvernement du Québec – Programme de crédit d'impôt pour l'édition de livres
– Gestion SODEC

Financé par le
gouvernement
du Canada | Canadä

Merci à Michel Therrien pour sa précieuse collaboration

Imprimé au Canada en janvier deux mille dix-huit